KB103506

푸르파 피망

푸른파 피망

배명훈 소설 — 국민지 그림

창비

채은신지가 열일곱 살, 내가 열세 살. 햇수로만 따지면 채은신지가 한참 누나였지만, 채은신지와 나는 나이를 비교하기가 어려웠다. 채은신지가 살던 행성과 내가 살던 행성은 공전 주기와 자전 주기가 다 달라서 일 년의 길이도 하루의 길이도 딱 그만큼 짧거나 길었기 때문이다.

"아무튼 나는 십 대 후반이고 너는 이제 겨우 꼬맹이 나이니까 일단 내가 누나가 되는 게 맞지."

"누구 맘대로. 깨어 있던 시간으로 따지면 내가 더 오래 살았을걸."

"좋아, 이참에 확실하게 계산해 보자. 자웅(雌雄)을 겨루는 거야."

"좋아, 암수를 가리자."

"뭘 가려? 아, 됐어. 설명하지 마. 재미없어. 자! 오늘은 제대로 계산해 보는 거야. 중간에 포기하기 없기. 니네 자전 주기가 얼마였다고?"

"아, 잠깐만. 어디 적어 놨는데."

"아, 바보! 자전 주기도 모르냐? 한 번 들으면 딱

외워야지.”

“지난번에 가르쳐 줬잖아. 자기도 한 번 듣고 못 외우면서.”

어른들이 일터로 가 버리고 나면 채은신지와 나는 늘 그렇게 결론도 나지 않는 싸움을 시작하곤 했다. 채은신지나 나나 지는 걸 죽기보다 싫어하는 성격이었기 때문에, 싸움은 어른들이 그날 일을 마치고 집으로 돌아올 때까지도 끝나지 않는 때가 많았다. 한참 싸우고 있는 우리를 보고 어른들은 이렇게 말하곤 했다.

“니네는 뭐가 그렇게 재미있어서 하루 종일 딱 달라붙어서 조잘거리고 있니? 지치지도 않아?”

"아니, 얘가 내 이름 갖고 뭐라 그러잖아."

"뭐라는데?"

"채은신지에서 어디까지가 성이고 어디까지가 이름인지 모르겠다고 막 놀려. 그리고 자꾸 나 부를 때 은신지라 그러고."

신지, 은신지, 채은신지. 전에 살던 행성에서 각자 나이를 얼마씩 먹었는지는 모르겠지만, 새로운 우리 고향 푸른파 행성에서 채은신지와 나는 누가 더 많지도 적지도 않게 똑같이 세 살씩을 더 먹었다. 하루도 빠짐없이 매일매일 싸우면서. 전쟁이 나기 전까지는 쭉 그랬다.

사실 전쟁은 우리와는 별로 상관이 없었다. 거의 대기권 밖에서 벌어지는 일이었으니까. 싸움의 징후도 찾아볼 수 없었다. 모든 것이 평소대로였다. 하지만 어느 날 오후에 엄마네 연구소 소장님이 집으로 찾아와 전쟁이 났다는 사실을 알리고 돌아간 다음부터는 사정이 조금씩 달라지는 듯했다. 이야기를 나눠도 되는 사람과 그렇지 않은 사람이 생기고, 마음대로 갈 수 있는 곳과 절대 발을 들여서는 안 되는 곳이 생겼기 때문이다. 그러니까 마을 안에 전선(戰線)이 생겨난 셈이었다. 지도 위에는 있지만 실제 땅 위에는 없는 선. 실제로는 없지만 누군가의 말 속에만 그어져 있는 선.

채은신지네 집은 그 바보 같은 선의 저편에 있
었다.

"만나러 가면 안 돼?"

"안 돼."

"절대로?"

"당분간만."

엄마가 내린 금지령이었다. 채은신지를 만나서
하루 종일 싸울 수 없게 된 것. 우리가 싸우지 못하
도록 서로를 떼어 놓는 것. 나에게 전쟁은 그런 일
이었다.

그리고 전황은 나날이 심각해져 갔다. 우주 전

함이 구름 아래까지 나타난 것이다. 요란한 소리를 내며, 또 밤에는 번쩍번쩍 화려한 불빛을 뿜어대며, 우리 머리 위를 서서히 날아다니는 작은 점. 저녁이 되면 어른들은 하나같이 그쪽을 올려다보며 근심 어린 표정으로 이런저런 이야기를 나누곤 했다.

"소문대로네. 대기권 안에서도 날 수 있는 전함을 배치했나 봐요."

"큰일이네. 그럼 전선이 대기권 안으로 확대되는 거 아니야?"

"그렇지도 않아요. 우리 쪽에는 그런 전함이 한 대도 없다니까, 전선이 확대되는 게 아니라 저 한 대가 여기를 다 점령하겠죠."

"그럼 뭐야? 맞서 싸워야 하나?"

"에이, 무슨? 항복해야죠. 우리는 군인도 아니니까 포로도 뭐도 아니고 그냥 별일 없을 거예요."

항복이라는 말에 소장님이 펄쩍 뛰다시피 하며 역정을 냈지만 신경 쓰는 사람은 아무도 없었다.

어른들이 걱정하는 건 우주에서 일어나고 있는 싸움이 대기권 안으로까지 번지지나 않을까 하는 것이었다. 사실 우리가 사는 곳에서는 군인이나 무기를 구경할 일이 없었다. 대기권 안팎을 넘나드는 데에는 어마어마한 에너지가 들기 때문에, 군인들도 굳이 푸른파의 중력이 영향을 미치는 곳에서는 전투를 벌일 생각이 없었던 것이다.

하지만 대기권 안까지 날아오는 우주 전함이 있다면 이야기가 달라진다. 우주에서 쓰는 무기는 상상도 할 수 없을 만큼 무시무시한 것들이라니까.

나는 사람들이 그 점을 '적'이라고 부르는 것을 듣는 순간 기분이 우울해졌다. 그럼 그 무시무시한 무기가 우리 머리 위까지 내려와 채은신지네 연구소는 그냥 두고 우리 연구소만 골라서 폭격을 하기라도 한단 말인가. 없애려면 다 같이 없애야지. 상상하는 것만으로도 기분이 확 나빠지는 이야기였다. 다행히 그런 일은 실제로 일어나지 않았다.

전황이 어떻게 돌아가고 있는지를 좀 더 자세히 전해 준 건, 전쟁이 나고 두 달쯤 뒤에 마을로 돌아온 기술자 달루 아저씨였다. 아저씨는 어른들이 하늘을 올려다보면서 걱정 어린 이야기를 나누는 것을 듣고는 호탕하게 웃으며 이렇게 말했다.

"저거 다 가짜야. 걱정하지 마."

"어떻게 걱정을 안 해요? 저렇게 떠다니는 거 보면 일이 하나도 손에 안 잡히는데. 저게 머리 위로 지나가면요, 엔진 소리가 하도 시끄러워서 도저히 못 들은 척하려야 할 수가 없다고요."

"소리? 그러니까 하는 말이야. 그 소리가 사기라고. 내가 십여 년 전에 저쪽 편 군인들 정착지에 살다 온 적 있잖아. 거기서 내가 했던 일이 저런 거였어."

"전함을 만들었다고요? 무슨 말도 안 되는 허풍을!"

"아니, 전함을 만들었다는 게 아니라 그 전함에 음향 장치를 달았다고. 출력이 진짜 어마어마했는데, 어유, 그때는 전함에 그런 걸 왜 다나 싫었거든. 지금 보니까 알 것 같네. 왜 무기는 안 달고 음향 기기를 달았는지. 당신들 벌써 벌벌 떨고 있잖아. 저 소리만 듣고 말이야. 저거 아마 무기 같은 거 달고 다닐 여력이 안 될 거야. 가까이에서 보면 엉성하게 생겼을걸. 저기보다 더 낮게 내려온 적 없지?"

"그거야 뭐……."

"거봐. 그냥 무시해. 하던 대로 하면 돼. 여기는 별일 없어요."

"본국에서 전함을 추가 파병할 수도 있잖아요."

"상륙정을? 대기권 안으로 들어오는 전함을 파

병해서 뭐 하게? 이 동네에 뭐 점령할 만한 데라도
있어?"

"그래도."

"그래도는 무슨 그래도야. 그런 전함 한 대 데려
오는 데 돈이 얼마나 드는지 알아? 이건 이 행성을
차지하려는 싸움이지 요 쪼끄만 연구소를 걸고 하
는 싸움이 아니라고. 그런 무기를 갖고 올 필요가
없지."

"확실해요?"

"그럼! 들어 봐, 저 소리. 무시무시하지? 그런데
유감스럽게도 엔진 소리는 아닌걸. 내 평생 저런
엔진 소리는 들어 본 적이 없어. 엔진 아니야. 일부

러 내는 소리야. 공기 진동이지. 원리는 바람 소리
랑 똑같다고. 소리만 커. 속은 텅 비었을 거야."

그날부터였다. 기적처럼 긴장이 풀리고 다시 평
화로운 일상이 찾아온 것은. 물론 날마다 저녁이
면 요란한 소리를 내는 전함이 구름 언저리를 떠다
녔고, 아직은 채은신지를 만나서 싸울 수도 없었지
만, 아무튼 더 이상은 내 주위에서 두려움에 떠는
사람을 찾아볼 수 없었다.

연구소 곳곳에서 다시 웃음소리가 들리고, 간간
이 노랫소리도 들려오는 나날. 하지만 전쟁은 아직
끝난 게 아니었다. 달루 아저씨 말처럼 대기권 아

래까지 무기가 침투해 오는 일은 일어나지 않았지
만, 전쟁이 사람들의 삶에 영향을 미치는 방법에는
그런 직접적인 것만 있는 게 아니었다.

　나에게는, 길에서 우연히 만난 채은신지의 표정
이 바로 전쟁의 징후였다. '말 걸지 마. 나는 너랑
말하면 안 돼.'라고 쓰여 있는 듯한 얼굴. 나는 소
리를 내지 않고 입 모양만으로 '왜?' 하고 물었다.
평소 같으면 "바보야, 그것도 모르니?" 하는 대답
이 들렸어야 할 순간. 하지만 채은신지는 아무 말
도 하지 않았다. 그러니 나에게는 그게 바로 전쟁
이었다.

그리고 행성이 봉쇄됐다. 양측 군대에 의해 행성 전체가 다. 다시 말해서 물자가 자유롭게 드나들지 못하게 됐다는 뜻이었다. 사람이 먹을 만한 것들을 경작할 수 없는 행성에서 물자가 끊긴다는 건 곧 배를 주려야 한다는 뜻이기도 했다.

"그럼 어떻게 버티라는 거지? 철수시켜 줘야 되는 거 아닌가?"

어른들이 말했다. 그러자 소장님 비서가 대답했다.

"그렇게 간단하지가 않대요. 우리는 그냥 민간인도 아니고 기간요원 신분이니 철수는 당분간 곤란하고요, 보급선이 오기는 올 모양이에요. 그런데 아무래도 큰 건 못 들어오나 봐요."

"작은 배로 실어 나르겠다는 건가? 사람 수는 그
대로인데 배 크기를 줄이면 어쩌라고. 그 전시 배
급인지 뭔지 하는 거, 그것도 채워 줄 생각이 없는
거 아니야?"

"그래서 소장님이 이것저것 알아보셨는데요, 작
은 무인 보급선을 여러 번 보내겠다는 거죠. 전시
배급이 끊기지 않게."

"무인? 그 쪼끄만 거? 그런 작은 배로 전과 같은
양을 실어 나르려면 비용이 몇 배로 들 텐데, 그게
말처럼 될까? 결국 배급량을 줄이는 거 아니야? 애
들도 있는데 어쩌라는 거지?"

"아 글쎄, 그걸 해 주겠다는 거 아니에요. 비용이 얼마든 감수하겠다고요. 일단 한번 믿어 봐야죠. 사실 별수 없잖아요. 안 해 준다 그러면 어쩌게요. 일이 너무 심각하게 돌아가면 그때는 철수 요청이라도 해야겠지만, 여기는 아직 그 정도는 아니잖아요."

"무슨 소리야? 이 정도면 벌써 심각하지."

다음 날 오전에 소장님이 전시 배급 계획표를 받아 왔다. 전황이 안 좋은 것치고는 꽤 괜찮은 식단이었다. 물론 요리를 다 해서 배달해 주는 게 아니라 식단에 필요한 식재료를 계산해서 한 번에 배달해 주는 계획이었다. 유기농 광합성 채소에 가축 포유류 고기, 다섯 가지 치즈와 지구종 곡물 가루, 무중력 농장에서 재배한 과일에 역시 무중력 양식장에서 키운 해산물. 최고급이었다. 가능한 한 지구식 식재료를 공급하겠다는 뜻이기도 했다. 심지어 와인이나 맥주도 보급 대상이었다. 디저트로 케이크와 푸딩도 있었다. 소장님 말마따나 잘하면 평소보다 훨씬 더 잘 먹게 될지도 몰랐다. 계획표대로만 된다면.

그러나 안타깝게도 그 계획은 제대로 돌아가지 않았다. 사실대로 말하자면, 전시 배급은 완전히 엉망진창이었다. 보내 주겠다던 것들이 오지 않아서

가 아니었다. 문제는 무엇이 오느냐가 아니라 언제 어떻게 오느냐였다. 예를 들어, 푸른파에서 제일 가까운 무중력 양식장에서 수확한 최고급 해산물. 오기는 왔다. 상태도 나쁘지 않았고, 계획표에 있는 것보다 양이 적지도 않았다. 문제는, 그것 '만' 왔다는 것이다. 그것도 한 달 치 공급량이, 단 하루에 다.

그리고 어느 날은 곡물 가루가 왔다. 이번에도 역시 곡물 가루 '만'이었다. 과일도 그랬고 가축 포유류 고기도 그랬다. 모든 물품이 약속한 양만큼 오기는 했지만, 식재료가 다 따로 왔다.

저장했다 먹으면 되겠지 싶겠지만, 그것도 만만한 일은 아니었다. 식재료를 비축해 두려면 처음 얼마 동안은 정해진 양보다 적게 먹는 수밖에 없었다. 그리고 실제로 그렇게 했다. 그렇게 조금씩 남기다 보면 언젠가는 균형 잡힌 식재료를 저장고에 채울 수 있을 것 같았다. 하지만 맥주밖에 오지 않은 주에는 모두가 난감해하지 않을 수 없었다. 맥주만 먹고 버틸 수는 없었으니까.

"한꺼번에 모아서 못 보내고 재료 수급이 되는 것부터 빨리빨리 보내느라 그런 거야. 게다가 보급선도 작아서 자주 보내려다 보니 그렇게 된 거겠지. 종합이 안 되니까."

소장님이 말했다. 그러자 달루 아저씨가 대꾸했다.

"아무리 그래도 그렇지, 어디서 이따위로 보낼 생각을 했을까요. 담당하는 놈이 누군지 얼굴이나 한번 봤으면 좋겠네요."

이래저래 고달픈 나날이었다. 다음에 뭐가 올지, 혹시나 그것마저도 끊어지지 않을지 알 수 없으니 일단은 무조건 저장하고 비축해 두어야 하는 상황. 고기가 오고, 그다음 주에 또 고기가 온 다음, 이 주 뒤에 다시 고기가 왔다. 맥주도 떨어지고 채소도 떨어지고 과일도 떨어지고 거의 아무것도 남지 않았을 무렵, 우리는 매일 고기를 먹었다. 하루에 두

번씩 고기만 먹어야 했다. 그때부터 얼마 동안은
정말로 고기 말고는 아무것도 못 먹었다. 그로부터
열흘 뒤에 마침내 기다리고 기다리던 새 보급선이
올 때까지.

그리고 그 보급선 안에는 신선한 돼지고기가 잔
뜩 들어 있었다.

"아, 소장님. 언제까지 이러고 있을 거예요? 철
수 요청 하자고요."

제일 먼저 폭발한 건 역시 달루 아저씨였다. 소
장님은 연구소 사람들이 모두 쳐다보는 가운데 이
렇게 말했다.

"조금만 더 버텨 봐. 위쪽에서도 고심하고 있을 거라고. 이놈의 행성, 인구라고 해 봐야 연구 인력이 단데 우리마저 철수하면 저쪽 연구 팀만 남잖아. 그럼 인구 점유율 80퍼센트 기준을 넘기게 된다고. 나도 우리가 이 행성을 반드시 차지해야 한다는 건 아닌데, 그렇다고 저쪽이 지배권을 행사하게 돼도 괜찮은 건 아니잖아. 지금처럼 누구 소유도 아닌 탐사 중인 천체로 남아 있게 하려면."

"아, 알았어요, 알았어. 그래도 이거 보낸 놈한테 욕이나 좀 실컷 해 주세요. 유감이라고만 하지 말고. 유감은 무슨 유감. 욕을 퍼부으라고요, 욕을."

전쟁은 이어졌지만 어른들은 여전히 하던 일을 계속했다. 사실 하던 일을 계속하는 것 말고는 딱히 할 일도 없었다.

전쟁이란 참으로 심심한 일이었다. 어른들이 모두 출근하고 나면 나는 하루 종일 혼자서 시간을 보내곤 했다. 연구소 식구 중에는 내 또래 아이들이 여섯 명 더 있었지만 같이 놀고 싶은 아이는 별로 없었다. 나중에 안 일이지만, 나를 피한 건 사실 그 아이들이 먼저였다. 이유를 가만히 따져 보니 나 빼고는 전부 연구원 자녀들이어서 그런 것 같았다.

엄마는 미용사였다. 무지하게 실력 없는 미용사. 그리고 연구소 전체에 단 하나밖에 없는 미용사. 엄마는 투덜거리는 사람들에게 이렇게 말하곤 했다.

　　"미안해요. 제가 원래 무중력 스타일 전문이라 중력 헤어스타일은 손에 잘 익지를 않네요. 나중에 궤도 정거장에서 개업하면 그때 한번 들러요. 끝내주는 머리 해 줄게. 서비스로."

　　그 말은 사실이었다. 우주선이나 정거장에서 엄마는 유명인들 머리만 만지던 인기 많은 미용사였다. 하지만 연구소 사람들은 그 말에 별로 신경 쓰지 않는 것 같았다. 엄마의 직업 때문에 차별을 당

하거나 한 건 아니었지만, 연구원 집 아이들과는
어쩐지 거리가 느껴졌다.

　나는 혼자서 국경 근처를 어슬렁거렸다. 지도에
만 나와 있는 선이 보이지 않는 장벽처럼 눈앞을
가로막고 있었다. 어른들 몇 명이 "망명할 거냐."
라며 놀렸지만, 나는 망명이 무슨 뜻인지조차 알지
못했다.
　'그러고 보면 채은신지네 엄마 아빠도 다 연구
원인데, 개랑은 왜 같이 있었나 몰라. 하긴 만나면
맨날 싸우기만 했지.'

나는 망원경을 들고 국경 근처 어딘가에 쪼그리고 앉았다. 그리고 망원경을 통해 그 너머를 한참 동안이나 바라다보았다. 채은신지네 연구소, 채은신지네 집 앞, 채은신지네 옥상. 채은신지는 뭘 하고 지내는 걸까. 붙들고 싸울 녀석이 있기는 한 건가.

신지, 은신지, 채신지, 채은신지. 나는 입 속으로 그 이름을 우물거리면서 오래도록 국경 너머를 염탐했다. 그러다 그쪽 연구실 옥상 나무 뒤쪽에서 수상한 그림자 하나를 발견했다. 스파이처럼 나무 뒤에 숨어서 망원경만 빼꼼 내밀고 있는 아이. 그 순간, 그 아이의 망원경이 내 쪽으로 휙 방향을 틀었다. 나는 미처 피할 새도 없이 그 아이와 눈이 마주치고 말았다. 아니, 망원경끼리 마주치고 말았다.

'뭐 하냐, 은신지!'

저쪽에서 채은신지가 먼저 손을 흔들었다. 나도 따라서 손을 흔들었다. 그뿐이었다. 아무 일도 일어나지 않았다. 날이 어두워지자 채은신지는 그 모습 그대로, 심지어 망원경까지도 그대로 눈에 바짝 붙인 채, 웃기는 걸음걸이로 집으로 들어갔다. 나도 마찬가지였다. 망원경을 눈에 대고 걷는 이상한

짓은 하지 않았지만.

　다음 날도 망원경을 들고 그곳으로 갔다. 십 분
쯤 기다렸더니 채은신지가 나타났다. 채은신지는
커다란 스케치북을 펼쳐 미리 적어 온 글을 보여
주었다.

　—야, 스파이. 너네는 먹을 것도 없다며. 우리는
많은데.

　그리고는 가방에서 복숭아를 꺼내 크게 한 입
베어 물었다. 달콤해 보이는 과즙이 채은신지의 손
을 타고 바닥에 흘러내렸다.

'아, 과일!'

나는 집으로 돌아가, 이제는 보기만 해도 역겨운 생각이 드는 양갈비 하나를 손에 들고는 다시 그 자리로 갔다. 그리고 채은신지가 보는 앞에서, 손가락을 쪽쪽 빨아 가며 맛있게 먹어 치웠다. 물론 진짜로 맛있어서 그런 건 아니었다. 나는 채은신지의 얼굴이 보고 싶었지만, 채은신지의 얼굴 앞에 붙은 망원경만 하루 종일 보다가 집으로 돌아가야 했다.

그날 저녁 엄마에게 그 이야기를 했더니, 엄마가 고개를 갸웃하며 이렇게 말했다.

"이상하다. 거기도 우리랑 비슷할 텐데. 거기라고 우리보다 나을 건 또 뭐람."

"하지만 은신지가 그랬어. 그쪽에는 먹을 거 많다고."

"니네는 사춘기도 다 지난 애들이 하는 짓은 꼭 애들 같니. 그래서 너는 뭐랬는데? 우리는 먹을 거 없으니까 좀 나눠 줘라 그랬어?"

"당연히 안 그랬지."

"너나 채신지나 하여튼 똑같은 놈들이다. 어떻게 둘 다 요만큼도 안 지려고 바득바득 우겨 대냐. 커서 뭐가 되려고 그래?"

다음 날은 돼지 앞다리 살과 태양열 조리기를 가져다가 채은신지가 보는 앞에서 직접 구워 먹었다. 아주아주 천천히 한 점씩 한 점씩 구워 먹었다. 일부러 그런 게 아니라 먹기 싫은 걸 맛있는 척하며 먹으려니 저절로 그렇게 됐다. 채은신지는 그 모습을 한 시간이 넘게 뚫어져라 지켜보았다. 여전히 망원경을 얼굴에서 떼지 않은 채였다.

다음은 채은신지 차례였다. 멀리서 보기에도 새빨갛게 잘 익은 수박 반 통. 채은신지는 마침내 망원경을 얼굴에서 떼고는 거의 한 시간에 걸쳐, 나만큼이나 천천히 수박을 먹었다.

나는 스케치북에 이런 글을 적어서 채은신지 쪽
으로 들어 보였다.

　─그게 뭐 하는 짓이야? 고기도 아니고 겨우 수
박 가지고.

채은신지는 잠깐 망원경을 들어 내 쪽을 보더니
내 말에는 아랑곳하지 않고 다시 도도한 자태로 수
박을 먹었다. 나는 멍하게 입을 벌리고 그 모습을
가만히 바라보았다. 어쩜 씨를 뱉는 모습까지도 저
렇게 우아할까. 앉은 자세에서부터 손끝까지 어디
하나 흐트러지지 않은 우아한 자태로 채은신지는
결국 수박 반 통을 다 먹어 치웠다. 그러더니 포만
감을 견디지 못하고 바닥에 벌렁 드러누워 버렸다.

웃음이 났다. 망원경으로 자세히 보니, 채은신
지의 어깨가 들썩이는 모습이 보였다. 너무나 귀
에 익은 은신지의 웃음소리가 그 먼 거리를 뛰어넘
어 내 바로 옆에서 들려오는 것만 같았다. 나도 바
닥에 드러누웠다. 우리는 그렇게 나란히 누워 같은
하늘을 올려다보며 낮잠이 들었다.

이틀 뒤에 새 보급선이 도착했는데, 이번에는
한 배 가득 해산물이 실려 있었다.

"풀 없어, 풀? 김이나 미역 같은 거?"

달루 아저씨가 조바심을 내며 물었다.

"없는데. 조개, 오징어, 참치, 생선 이런 것밖에."

그날 저녁에 연구소 강당에서 회의가 열렸다. 달루 아저씨를 비롯한 많은 어른들이, 이제 아무래도 철수 요청을 하는 게 좋겠다고 말했다.

"애들을 생각해서라도."

사람들이 우리 쪽을 돌아보았다. 나는 불쌍한 표정을 지어 보였다. 그 모습을 보고 연구원 누나들 몇 명이 히죽거리며 웃어 댔다.

"절대 그럴 수는 없대도!"

소장님이 단호한 얼굴로 소리치자 모두의 시선이 그쪽으로 옮겨졌다.

"여러분, 좀 참아 봅시다. 왜 참아야 하는지는 누차 설명하지 않았습니까. 아직 탐사도 덜 끝난 이

행성이 벌써부터 누군가의 영토가 되어야 하겠습니까. 우리가 물러나면 이 자리에 다른 사람들이 들어온다고요. 지금 저쪽 연구 팀을 이기자는 게 아닙니다. 저 사람들이나 우리나 다를 게 뭐가 있겠어요? 저쪽이 먼저 물러나기를 바라지도 않아요. 저는 그저 양쪽 모두가 잘 버텨 주기를 바랄 뿐이라고요.”

그 말에 사람들이 입을 다물었다. 다들 뭔가 생각에 잠긴 듯했다.

잠시 후 침묵을 깨고 달루 아저씨가 말했다.

"버티고 있다고요. 무슨 말씀이신지 잘 알고 있고요. 하지만 이대로는 못 버텨요. 마냥 참고 견디라고만 할 수는 없는 거잖 아요. 풀이 먹고 싶다고요, 풀이. 우리가 무 슨 유목민도 아니고, 이러다 비타민 부족 으로 다 쓰러져요. 쓰러지는 게 문제가 아 니라, 변비는 어쩔 거냐고요. 안 그래요? 다들 말은 안 하지만, 똑같을 거 아니에 요."

"그래도 우리부터 물러날 수는 없잖아. 생각을 해 봐. 저쪽도 우리만큼 곤란할 거 라고. 그래도 저렇게 잘 버티고 있잖아. 그

런데 우리가 먼저 포기해 봐. 그럼 저 사람들이 저렇게 버텨 온 것까지 전부 아무것도 아닌 게 돼 버린다고. 그걸 생각하면 좀 더 버텨 줘야 될 것 같지 않아?"

언성이 점점 더 높아져만 갔다. 나는 귀를 틀어막았다. 물론 귀를 막는다고 소리까지 다 막을 수는 없었지만, 아무것도 안 들리고 아무것도 안 보이는 것처럼 딴생각에 잠겼다.

그때였다. 엄마가 자리에서 벌떡 일어나더니 모두에게 들릴 만큼 큰 소리로 이렇게 외쳤다.

"그럼 바꿔 먹어요!"

모두의 시선이 이번에는 엄마 쪽을 향했다.

"뭘?"

달루 아저씨가 물었다. 그러자 다시 엄마가 말했다.

"저쪽도 사정이 우리랑 비슷하다며. 목표도 우리하고 다를 게 없고. 그럼 바꿔 먹으면 되잖아. 저쪽 거랑 우리 거랑."

"그렇게만 되면야 좋지. 그런데 자기도 알잖아. 전쟁 시작되고 나서 저쪽에서 어떻게 나왔는지. 공동 연구 하던 거 싹 취소하고 데이터까지 깨끗하게 회수해 갔다며. 나도 봐, 전쟁 나니까 딱 쫓아내잖아. 우린들 뭐 이러고 싶어서 이러나. 저쪽에서 먼

저 전시 상황처럼 구니까 그렇지."

"저쪽에서만 일방적으로 그런 건 아니잖아. 우리도 봐. 전함인지 뭔지 딱 뜨자마자 저쪽이랑 왕래를 딱 끊었잖아. 안 그래? 공동 시설물도 우리끼리 다 쓰지도 않을 거면서 저쪽에서 못 쓰게 자물쇠부터 걸어 잠그고. 유치하게 군 건 이쪽도 마찬가지라고. 그러니까 서로 없었던 셈 치고 되돌리면 되잖아."

"없었던 일이 아니니까 그렇지. 분명히 있었던 일이니까 되돌리기도 쉽지 않다고."

다음 날 오전에 나는 망원경과 스케치북을 들고

다시 국경 근처로 갔다. 그리고 채은신지에게 이런
글을 써 보였다.

　―바꿔 먹으면 된대. 엄마가 그랬어.

　그러자 채은신지도 스케치북에 뭔가를 썼다.

　―부러웠냐? 먹고 싶어? 그럼 빌어 봐. '누나'
해 봐.

　―미쳤냐?

　―좀 나눠 줄까? 나는 니네 거 별로 안 먹고 싶
으니까 바꿔 줄 필요는 없어.

　―나도 됐어, 그럼.

　그날 우리는 결국 서로의 전시 배급 식량을 교
환했다. 나는 몇 달 만에 처음으로 채은신지를 가

까이에서 볼 수 있었다.

"은신지, 키 좀 큰 것 같다."

"당연하지. 우리는 무지하게 잘 먹거든."

"키만 좀 컸지 비쩍 곯았는데 뭐. 옆으로 커야 잘 먹는 거야."

"됐네, 야만인."

내가 준 건 돼지고기 목살이었고, 채은신지가 준 건 피망과 아삭이고추였다.

"애걔, 겨우 요거냐? 내가 손핸데. 고기 이만큼 하고 풀 겨우 고만큼하고 비교가 되냐?"

"싫음 말고. 나 원래 목살 안 좋아하거든."

"옜다, 인심 썼다. 퍼 주기 한번 하지 뭐. 어디 가

서 소문내지 마. 이적 행위 했다고 소장님한테 불려 가서 혼날라.”

“너나 그러셔.”

그날 저녁 식사 시간에, 나는 흙이라도 씹어 먹는 듯한 표정으로 고기를 먹고 있던 어른들이 지켜보는 가운데 잘 익은 피망 네 알과 아삭이고추 여섯 개를 척 꺼내서 식탁 위에 놓았다.

“그게 뭐냐?”

달루 아저씨가 물었다.

"포로 교환이에요."

"사랑의 증표야? 그럼 못 뺏어 먹는데."

"마음대로 생각하세요."

나는 그 피망을 아무에게도 양보하지 않았다. 엄마도 예외는 아니었다.

사람들이 모두 내 쪽을 흘긋흘긋 훔쳐보는 것 같았다. 나는 피망 하나를 집어서 반으로 쪼갰다. 촥 하고 갈라지는 소리가 났다. 그렇게 큰 소리도 아니었는데, 마치 메아리가 치듯이 연구소 식당 안 을 가득 채웠다.

나는 채은신지가 가르쳐 준 대로 반으로 쪼갠 피망 반쪽을 다시 한번 결대로 반으로 갈랐다. 그런 다음 한 조각을 집어서 오목한 안쪽 면에 고기 한 점을 얹었다. 피망에 비하면 터무니없이 작은 한 점이었다. 그리고 드디어 그걸 입으로 가져가는 순간, 나는 채은신지가 앉은자리에서 수박 반 통을 먹어 치울 때 보여 줬던 그 느리고 우아한 동작을 떠올렸다. 어디선가, 누군가가 침을 꼴딱 삼키는 소리가 들렸다.

　　와작.

　　피망 씹는 소리가 허공을 갈랐다.

　　와작.

마치 하늘이 갈라지듯 성스럽고 숭고하기까지 한 소리였다.

와작.

피망을 씹고 있는 건 나밖에 없었지만, 그 소리로 인해 모두의 머릿속에 잠자고 있던 피망의 맛과 식감이 한꺼번에 되살아나는 게 눈에 훤히 보였다.

와작.

와작.

와작 와작 와작.

그때 식당에 나타난 소장님이 내 앞에 놓인 피망을 보고는 그만 그 자리에 우뚝 멈춰 서는 모습이 눈에 들어왔다.

와작!
꿀딱.

다음 날 아침에 연구소 전체 회의가 열렸다. 이번에는 지난번 회의보다 훨씬 부드러운 분위기였다.

"정면 돌파 합시다."

소장님의 말에 모두가 찬성의 뜻을 밝혔다.

곧바로 그날 점심 무렵에, 전쟁 발발 이후 가장 큰 규모의 인력 동원이 있었다. 아이들까지 포함한 연구소 식구 거의 전부가 도서관 마당에 집결했던 것이다.

"첫 한 번의 공격으로 제압해야 합니다. 두 번째는 더 힘들어질 수 있어요. 단 한 번의 기습으로 상대의 저항 의지를 완전히 꺾어야 됩니다. 아셨죠? 자, 그럼 시작합시다."

어른들이 모두 제 위치로 갔다. 그리고 일제히 불을 지폈다. 불판이 충분히 달아오르자 첫 번째 고기가 불판 위에 배치되었다.

치지지지지지지.

기름 튀는 소리가 빗소리처럼 들렸다. 그것을 신호로 사방에서 고기 굽는 소리가 동시에 들려오기 시작했다. 소나기가 퍼붓듯 요란한 소리였다.

채은신지가 멀리서 그 광경을 지켜보고 있었다.

그리고 국경 너머에 있던 사람들이 하나둘씩 얼굴을 내밀기 시작했다.

치지지지지 치지지지지지지이익.

하지만 우리가 보유한 무기 중 가장 결정적인 것은 소리가 아니었다. 냄새였다.

적 전함이 평소보다 이른 시간에 마을 위를 지나갔다. 십 분도 채 안 돼서, 채은신지네 연구소 사람들이 거의 모두 얼굴을 내민 듯했다. 어쩐지 긴장감이 느껴졌다.

치치치치치치치.

한 걸음씩 한 걸음씩 국경 근처까지 다가오는 사람들이 있었다. 아직은 거리가 멀어서 소리까지는 들리지 않겠지만, 냄새만은 이미 닿고도 남을 만했다. 어쩌면 전날 저녁에 내가 연구소 식당에서 한 일을 채은신지도 자기네 식당에서 똑같이 했을지도 모른다. 그랬다면 그 효과는 이쪽보다 저쪽에서 더 컸을 게 분명했다. 고기였으니까.

　도서관 마당에는 식탁과 의자가 마련되어 있었다. 물론 먹을 거라고는 고기밖에 없었지만, 식기는 전부 좋은 것들이었다. 그리고 그 거리에서라면 건너편 사람들 눈에도 틀림없이 보였을 것이다. 식기나 의자가 놓인 걸 보면 당연히 알 수 있었을 것이다. 우리 쪽 연구소 식구들을 다 합한 숫자보다 훨씬 더 많은 자리가 준비되어 있다는 사실을.

사람들이 몇 걸음 더 다가왔다. 냄새에 이끌려, 그 떠들썩한 분위기에 이끌려. 이미 몇몇은 자신도 모르는 사이에 국경을 넘은 상태였다. 전선을 넘어서고 있었던 것이다. 표정이 보였다. '저건 뭐 하자는 거지?' 하는 표정이었다. 긴장감이 느껴졌다. 조금은 비장한 기분도 들었다.

그런데 그때, 건너편에 서 있던 누군가가 뭐라고 지시를 하자 다가오던 사람들이 모두 발걸음을 멈췄다. 그쪽 연구소 소장님이었다. 우리 쪽 사람들이 다들 숨을 죽인 채 그쪽을 바라보았다. 건너편 사람들 몇몇이 자기네 연구소 건물 쪽으로 바쁘

게 뛰어가는 모습이 보였다. 무슨 일일까. 도대체 무슨 지시를 내린 걸까. 긴장의 끈이 좀 더 팽팽해 졌다. 그러다 끊어져 버리면 그냥 맥없이 축 처져 버릴 것만 같은, 기대 섞인 긴장감. 곧 뭐라도 터져 버릴 듯 공기가 무거웠다.

하지만 그 긴장감은 그리 오래가지 않았다. 연 구소로 달려갔던 사람들이 뭔가를 잔뜩 들고 나타 났던 것이다. 그리고 그걸 알아본 사람들부터 하 나둘 표정이 편안해지는 모습이 보였다. 편안한 표정의 파도가 물결처럼 차르륵 우리 쪽으로 번져 왔다.

하늘은 여전히 시끄러웠다. 평소보다 일찍 뜬

우주 전함 때문이었다. 우주 전함은 아마도 아래를 내려다보고 있었을 것이다. 자기네 편 사람들이 국경을 넘는 모습을, 저장고에 보관되어 있던 피망이며 아삭이고추, 상추며 깻잎 같은 것들을 잔뜩 들고 적국 시민들이 마련한 식탁으로 다가가는 모습을.

그러거나 말거나.

마침내 우주 전함이 하늘 저 너머로 모습을 감춰 버린 순간, 전선은 이미 무의미해진 뒤였다. 아니, 전쟁이 벌써 다 끝난 것만 같았다.

나는 채은신지네 연구소에서 가져온 과일들을

배부르도록 집어먹었다. 채은신지는 반대로 우리가 갖다 놓은 온갖 종류의 고기들을 끝도 없이 입 안으로 퍼 날랐다. 우리 둘만이 아니라 모두가 마찬가지였다. 쪼개 놓은 피망 한 조각에 삼겹살 한 점. 손에 든 고기와 채소의 크기만 비교해 봐도 어느 쪽 사람인지 쉽게 구분할 수 있었다. 그리고 모두의 손에 쥐어진 고기 피망 쌈 한 점으로부터 생각지도 못했던 기적이 시작되려 하고 있었다.

육즙이, 그전에는 그냥 아무렇게나 입속을 떠돌다가 식도를 지나 위로 내려가 버렸던 그 육즙이, 푸른색 채소의 과즙을 만나 새로운 경지로 승화되고 있었다. 육즙은 더 육즙다워지고 과즙은 더 과

즙다워지면서도, 둘이 만나는 지점 그 어딘가에서
는 전혀 다른 이름을 붙여 줘야만 할 것 같은 완전
히 새로운 차원의 즙이 만들어지고 있었다. 입자
가속기에서 희귀한 입자가 만들어지듯, 완전하고
성스럽고 거룩하기까지 한 순간, 기적이 일어났다.

　전쟁은 폭력적인 수단을 통해 펼쳐지는 정치의
연장이지만, 이 순간 전쟁의 양상은 그보다는 훨씬
더 단순해져 있었다. 위가 시키는 대로, 그리고 혀
가 이끄는 대로! 무기도 필요 없었다. 그냥 입 속으
로 집어넣으면 그만이었다. 다른 건 이제 아무 의
미도 없었다.

　그리고 모두가 동의하는 휴전 협정이 맺어졌다.

입 밖으로 직접 소리를 내어 휴전이라는 말을 꺼낸 사람은 아무도 없었다. 그것은 입 밖에서가 아니라 입 안에서 맺어진 협정이었다. 종이 위에 쓰인 그 어떤 협정보다도 오래오래 지속될 신성한 약속.

"그만 좀 먹어, 이 코끼리 같은 녀석아."

채은신지가 나에게 시비 걸듯 말했다.

"자기는. 너는 무슨, 어? 무슨, 그거냐?"

"말도 똑바로 못 하냐, 멍청한 녀석."

전쟁이 끝나고 채은신지와 나의 오랜 싸움이 다시 시작됐다. 싸움은 그 후로도 쭉 이어졌지만, 적어도 푸른파 대기권 안에서는, 그 누구의 눈에도 보이지 않는 전선이 사람들을 둘로 갈라놓는 일은 두 번 다시 일어나지 않았다. 자전 주기와 공전 주기가 서로 다른 두 행성이 공식적으로 종전을 선포하기 훨씬 전에, 우리는 이미 전쟁을 끝내 버렸다.

그렇게 행성 푸른파는, 어느 쪽도 인구 점유율 80퍼센트가 넘지 않도록 유지되면서 무사히 전쟁 기간을 견뎌 낼 수 있었다. 그리고 그 말은 곧 이 행성이 '그 누구도 독점적 지배권을 행사할 수 없으며, 모든 인류에게 그리고 인류든 아니든 상관없이 행성을 찾는 모든 생명체들에게 온전히 개방된 자유로운 천체로 오래오래 보존될 수 있게 되었'다는 뜻이기도 했다. 물론, 실제로 찾아오는 사람은 그 뒤로도 별로 본 기억이 없지만, 소장님 표현에 따르면 그렇다는 말이다.

　그리고 세월이 흘렀다. 다 커 버린 아이들이 고향을 떠나 대학이 있는 곳으로, 대도시가 있는 곳으로 떠나야 할 때였다. 채은신지와 나는 같은 곳으로 떠나게 되었다.

　"부끄러워, 부끄러워. 어디 가서 말도 못 하겠어. 고개를 들고 다닐 수가 없어."

　"뭐가 또 그렇게 부끄러워?"

"야, 내가 나이가 몇 살이냐. 너보다 누나여도 한참 누난데, 너 같은 꼬맹이하고 똑같이 신입생으로 들어가게 생겼으니 망신이지 뭐야. 일생일대의 오점이다. 완전 대망신이야. 이래서 사람은 좁은 동네에 있으면 안 돼. 나이니 학력이니 안 가리고 비슷해 보이는 애들 전부 한교실에 넣고 가르치니, 나 같은 인재가 하향 평준화되고 마는 거야. 어휴, 이게 뭐니? 완전 우주적인 손실이야."

엄마는 채은신지에게 입학 선물이라며 특기인 무중력 헤어를 특별 할인가로 서비스해 주었다.

"니네는 꼬맹이 때라서 무중력에서 살아 본 거

기억도 없지? 이러고 우주선 타면 촌스럽다 소리 들어. 신지도 이제 여자티가 좀 나니까, 나이에 맞게 좀 꾸미고 그래야지. 지상에서 예쁜 거하고 저 위에서 예쁜 거하고는 완전히 달라요. 그냥 이런 머리 하고 저 위에 올라가면 머리가 진짜 황당하게 뻗친다. 그렇다고 계속 묶고 다닐 수는 없잖아. 그지? 이게 얼마 만이니. 간만에 실력 발휘 좀 해 보겠네. 어유, 이 머릿결 좀 봐. 좋다! 청춘! 봄날이다, 봄날."

가족들과 작별하고 우주선에 올랐다. 그리고 얼

마 지나지 않아 우리는 푸른파의 중력이 완전히 힘을 잃는 곳까지 날아갔다.

　채은신지가 안전띠를 풀고 자리에서 일어나면서 나에게 말했다.

　"식당 가자."

　"배고파? 벌써?"

　"아니, 배가 고프다기보다는, 에, 그냥 인테리어가 궁금해서."

　"웃기고 있네."

　곳곳에 붙어 있는 난간을 짚고 우주선 통로를 휘휘 떠다니는 은신지.

무슨 생각이 떠올랐는지, 앞에서 날아가던 은신지가 갑자기 고개를 휙 돌려 내 쪽을 돌아보았다. 그러자 그 긴 머리카락이 중력 없는 허공에 자연스럽게 흩뿌려졌다가, 채은신지가 고개를 돌릴 때마다 그 시선을 따라 한 방향으로 휙휙 빠르게 이끌려 가곤 했다. 그러고는 다시 허공에 흩뿌려지는 머리카락. 바람에 날리는 것과는 또 다른 느낌으로 모든 방향을 향해 자연스럽게 뻗어 있는, 날아갈 듯 살아 숨 쉬듯 가볍고 경쾌한 머리카락들의 춤.

　　'우와!'

그 모습에 그만 나도 모르게 입이 딱 벌어지고
말았다.

"뭐 하냐? 먼지 들어가. 입 좀 다물어. 바보 같잖
아. 촌에서 온 거 티 내냐?"

채은신지가 말했다.

"은신지, 있잖아."

"뭐가 있어?"

"우리 엄마 말이야. 진짜 실력 있는 미용사인가
봐."

"뭐라는 거니?"

"어? 아니, 그게 있잖아……."

그 순간 내 눈앞에는 이제껏 수도 없이 보아 온
그 채은신지와 같은 사람이라고는 도저히 믿기지
않는, 우주에서 제일 우아하고 아름다운 여자가 내
두 눈을 빤히 들여다보며 만면에 장난기 어린 미소

를 가득 머금은 채 통로 난간을 잡고 그 자리에 둥
둥 떠 있었다.

　　그렇게, 채은신지를 만났다.

　　다시 한번 채은신지가 내 마음에 쏙 들어왔다. ●

* 이 책을 마중물 삼아 「푸른 파 피망」이 수록된 소설집
  『파란 아이』(배명훈 외 지음, 창비 2013)를 읽어 보시기 바랍니다.

배명훈

고기와 야채, 그리고 소설.

이 셋과 함께라면

그 어떤 역경도 두렵지 않으리.

책과 멀어진 친구들을 위한 마중물 독서

수업 시간 대부분을 잠으로 보내거나 수다로 보내는 많은 학생들을 떠올립니다. 그런데 글쎄, 어떤 친구들은 수업 시간에 추천한 책을 사서 며칠 만에 다 읽고, 친구들과도 함께 읽고 싶다면서 학급 문고에 기부를 합니다. 스스로 책을 사서 자발적으로 읽는 게 흔한 풍경은 아닌데, 그렇게 예쁜 모습을 보이니 선생님도 신이 나서 칭찬을 많이 해 주었습니다.

독서에 흥미를 붙이면 삶을 아름답게 꾸며 나갈 수 있다고 이야기해 주었습니다.

그러나 이런 풍경이 흔하지는 않습니다. 어릴 적에는 부모님께 같은 책을 여러 번 읽어 달라고 조르기도 하고, 그 이야기 속에서 상상의 나래를 펼쳤던 아이들이 청소년기에 접어들면서부터는 이제 책 읽기가 싫다고 말합니다. 몇 해 전부터는 학교 현장에서 소설 한 편 읽기를 하고 나면, 이렇게 긴 글은 처음 읽어 봤다는 반응이 나옵니다. 그럴 때마다 교사로서 씁쓸한 마음이 듭니다.

'소설의 첫 만남' 시리즈는 이런 현실에 돌파구가되어 줄 만한 새로운 청소년소설 시리즈입니다. 국어 교사들이 머리를 맞대고 동화책에서 소설로 향하는 가교 역할을 해 줄 만하며 문학적으로 완성도가높고 흥미로운 작품을 엄선하여 꾸렸습니다. 책이

게임이나 웹툰보다 재미없다고 생각하는 학생들, 독해력이 다소 부족한 학생들도 '소설의 첫 만남' 시리즈를 통해서라면 문학의 감동과 책 읽기의 즐거움을 새롭게 경험할 수 있을 것입니다. 무엇보다 재미있습니다. 부담이 적습니다. 한 시간 정도면 충분히 읽을 수 있는 짧은 분량과 매력적인 일러스트 덕분에, 책과 잠시 멀어졌던 청소년들도 소설을 읽는 즐거운 '첫 만남'을 가져 볼 수 있습니다.

문학은 힘들고 지칠 때 위로를 건네고, 어떻게 살아야 하는지 지혜를 전하며, 다양한 삶의 가치를 일깨워 주는 보물이라고 믿습니다. '소설의 첫 만남' 시리즈를 통해 청소년들은 때로는 자신이 주인공이 되고, 때로는 주인공의 친구가 되는 듯한 몰입을 경험하면서 문학이 주는 재미와 기쁨을 마음껏 누릴 수 있을 것입니다.

우리 친구들이 소설 작품에 대해 재미있게 이야기하는 멋진 풍경을 기대하니 마음이 설렙니다. 스마트폰에 시선을 빼앗긴 채 이것저것 기웃거리면서 '대충 보기'에 익숙해진 학생들, 긴 글 읽기에 익숙하지 않아 책 앞에서 주리를 트는 학생들, "초등학교 4학년 이후로 책을 읽어 본 적이 없다."라고 고백하는 '독포자'들을 위해 기꺼이 추천합니다.

"얘들아, 이제 재미있게 읽자!"

'소설의 첫 만남' 자문위원

서덕희(경기 광교고 국어교사)

신병준(경기 삼괴중 국어교사)

최은영(경기 미사강변고 국어교사)

소설의
첫 만남 06

푸른파 피망

초판 1쇄 발행 | 2017년 7월 10일
초판 12쇄 발행 | 2024년 8월 1일

지은이 | 배명훈
그린이 | 국민지
펴낸이 | 염종선
책임편집 | 김영선 정소영
조판 | 박지현
펴낸곳 | (주)창비
등록 | 1986년 8월 5일 제85호
주소 | 10881 경기도 파주시 회동길 184
전화 | 031-955-3333
팩시밀리 | 영업 031-955-3399 편집 031-955-3400
홈페이지 | www.changbi.com
전자우편 | ya@changbi.com

ⓒ 배명훈 2017
ISBN 978-89-364-5860-7 44810
ISBN 978-89-364-5973-4 (세트)

* 이 책 내용의 전부 또는 일부를 재사용하려면
   반드시 저작권자와 창비 양측의 동의를 받아야 합니다.
* 책값은 뒤표지에 표시되어 있습니다.